번
개

세상을

바라보는 날카롭고

번뜩이는 이야기

번
개

·

다니엘 꼬르네호 지음

쿵

우리 가족에게

감사의

글

한국어를 오래 공부했지만 한국어로 책을 쓰는 일은 쉽지 않았습니다. 제가 썼던 어색한 부분을 고쳐줬던 이승주, 최영균, 최혜정에게 감사의 말을 드리고 싶습니다.

"나는 여기서 깨어났다. 어떤 방인 것 같지만 캄캄해서 잘은 모르겠다. 갇혀 있는 건 확실하다. 무시무시한 괴물들이 나를 여기에 가둔 건지도 모른다. 두 렵다.

번개가 번쩍여 어둠을 가른다. 덕분에 눈앞에 창이 보인다. 번개가 칠 때, 창 옆에 서 있는 무언가의 윤곽이 잠시 드러난다. 불길해 보인다. 나를 감시하고 있다. 번갯불 덕에 그들의 몸이 보인다. 나를 가둔 존재는 인간들이구나. 그 들을 비춰준 번갯불이 고맙다. 이제 두렵지 않다."

차
례

감사의 말 ·· **7**

서문 ·· **9**

Ⅰ ·· **13**

Ⅱ ·· **37**

Ⅲ ·· **53**

Ⅳ ·· **87**

Ⅴ ·· **149**

Ⅵ ·· **163**

결언 ·· **201**

I

"우리 회사에서 경력을 쌓기엔
경력이 너무 부족하시네요."

— 그게 그들 방식이야. 직원 교육도 하지 않고,

제대로 된 월급도 주려 하지 않을 뿐더러

규정 근무시간도 지키려 하지 않지. 그뿐인가?

고용이 보장되기를 하나, 휴가를 눈치 보지 않고

쓸 수 있기나 하느냐 말이야.

— 그들이 원하는 건 너 같은 사람들이 절망해서

결국은 일을 하기 위해 돈 내는 걸

당연하게 여기게 되는 거야. 곧 알게 될 거야.

"내 삶의 시간을 돈으로 교환할 수 있지만
돈을 삶의 시간으로 교환할 수 없어."

일하며 사용한 체력은 자고 일어나면 다시 돌아오지만

지나간 시간은 돌아오지 않는다.

회사에서 일한다고 내가 성장하는 것은 아니다.

오직 로봇만이 회사에서 성취감을 느낄 수 있을 것이다.

나도 일터에서 성취감을 느낄 수 있다면 얼마나 좋을까.

그러면 적어도 삶을 낭비하며 썩어간다는

느낌은 들지 않을 것이다.

성취감은 삶을 되찾아준다.

추구해야 할 가치가 있는 무언가가 있다면

그것은 바로 성취감이다.

— 집값이 많이 올랐다는 말을 들었어요.

— 저는 상관없어요, 회사에서 사니까요….

"집은 경쟁력이 없어서 뒤처지고 있어요. 사원들이 출퇴근할 때 시간을 낭비하잖아요.

사람은 회사에서 살아야죠. 평생 한 번만 출근하면 돼요. 태어날 때. 그리고 평생 한 번만 퇴근하면 돼요. 죽을 때.

밖은 위험해요. 거긴 지나치게 자유로운 사람들이 기어다녀요. 독사 같은 인간들. 회사 안에 있으면 안전합니다."

경쟁력 있는 경영자가 이렇게 말했다.

"그냥 일을 찾고 있어…."

"이 구인공고는 어떤지 한번 보자. 거지 같은 월급에 거지 같은 근무시간, 거지 같은 근무조건. 맙소사! 이 정도면 천국이네."

"회사원처럼 일하지만 회사원이 아닙니다."

"내 보고서에는 항상 작은 실수들이 있다. 일부러 저지른

실수들이었지만 왜 그랬는지 알지 못했다.

하지만 지금은 안다. 본성이 내가 회사원이 되기를 거부하여

속에서부터 반항하는 것이다."

"도망칠 순 없지만 일은 할 수 있을 정도로 묶어."

"이 직업은 내 삶을 좀먹고 내 기운을 앗아간다.

이 일은 나에게 모욕을 주지만 그 덕에 먹고살 수 있음에

감사해야 한다. 어쩔 수 없다. 일자리 거절할 권리를

잃어버렸다. 목소리를 내고 싶지만 지금 가진 적은 것마저

잃을 순 없다. 그에 비하면 먹고살 걱정이 없는 사람들이

과연 얼마나 큰 책임을 지고 있겠는가!"

"민주주의 시대에 살지만, 독재 치하에서 일하지."

우리 민주주의의 바탕은 작은 독재들로 이루어져 있다.

얼마나 모순적인가! 독재에 익숙해졌기 때문인지

우리는 이런 '민주주의'를 민주주의라 부른다.

— 이렇게 며칠씩 마음대로 회사를 비워도 된다니
  부럽다. 사원들 군기가 잘 잡혔나 봐?
— 아주 조련을 제대로 시켜놨지.

오늘 상사가 회사에 없는데도 나는 제시간에 출퇴근했다.

오늘 상사가 회사에 없는데도 나는 업무에 집중했다.

오늘 상사가 회사에 없는데도 나는 먼지 한 점 묻지 않은

흰 셔츠를 입고 넥타이를 완벽하게 맨 채로 똑바로

앉아 있었다.

규율은 우리가 어릴 때부터 들이쉬고 결국에는 뇌의 가장

깊은 곳에까지 자리잡는 무취의 기체다. 사람을 둘로 나누고

두 가지 역할을 동시에 하게 하는 마법이다. 우리는 스스로

감시에 대한 주체이자 객체이며, 상사이자 직원이며,

선생님이자 학생이다.

규율은 신체에 대한 배신이다. 그 수많은 규율은 나를 유순한

동물, 로봇으로 만들었다.

"내 회사원들이 하루에 일하는 시간이 많다고?
하루가 긴 건 내 탓이 아니잖아."

1900년쯤 톨스토이가 쓴 에세이를 기억한다. 톨스토이는 에세이에 모스크바-카잔의 철로에서 일하는 노동자들의 끔찍한 근로조건을 서술했다. 노동자들은 36시간 동안 쉴 새 없이 일했고, 가족과 떨어져 더럽고 좁은 방에서 열댓 명이 다닥다닥 붙어서 생활했으며, 겨우 생계를 유지할 수 있을 만큼의 적은 월급을 받았다. 노동자들의 환경이 걱정된 톨스토이는 그들을 찾아갔다.

노동자들은 36시간 연속 근무를 하는 자신들의 일과를 걱정하는 톨스토이를 보며 깜짝 놀랐다. 그들에게는 당연한 일이었기 때문이다.

톨스토이는 노동자들이 요구하는 것이 단지 생활하기에 조금 더 편한 방일 뿐이라는 사실에 깜짝 놀랐다.

나는 노동자들이 그렇게 힘든 일을 하며 기른 자신들의 체력과 힘에 대해 자부심을 갖고 있다는 사실에 놀랐다.
오늘날 우리는, 누군가 우리에게 우리 모두 착취당하며 살아가고 있다고 하면 깜짝 놀란다.

"개는 시키는 대로 하고
노예도 시키는 대로 하고
로봇도 시키는 대로 하고

평범한 사람도 시키는 대로 하지."

"하지만 그건 말하지 마. 비밀이니까. 그들은 규율을
일종의 미덕으로 여긴다고. 그게 바뀌는 건 좋지 않아."

"지금 일자리 덕에 최신 TV를 샀어.
이제 TV 볼 시간이 있는 일을 구해야겠다."

도시에서 온 남자는 작은 해안 마을을 산책하던 중 나무 아래에서 낮잠을 자고 있는 남자를 본다.

그에게 다가가 말을 건다.

— 무슨 일을 하세요?

— 어부입니다.

— 힘드시겠군요. 하루에 몇 시간 일하세요?

— 두세 시간쯤이요

— 두세 시간이라고요? 그러면 남는 시간에는 뭐 하세요?

— 흠, 느지막이 일어나 두세 시간 정도 낚시하고 낮잠을 잔 다음 친구들과 맥주를 마십니다.

— 뭐라고요? 왜 더 많이 일하지 않으세요?

— 왜 더 해야 하는데요?

— 그거야 일을 더 많이 하면 생선도 더 잡고 돈도 많이 벌 테니까요.

— 왜요?

— 그러면 더 큰 배를 살 수 있고 생선도 더 잡을 겁니다.

— 왜요?

— 그렇게 하면 도시에 공장을 차릴 수 있을 겁니다.

— 왜요?

— 일이 잘 되면 세계 시장에 진출해서 성공할 수 있을 겁니다.

— 왜요?

— 회사의 주가가 올라가면 부자가 될 수 있을 겁니다.

— 왜요?

— 부자가 되어 은퇴 후 한적한 해안 마을로 이사해서 늦잠도
자고 두세 시간 정도만 낚시하고 낮잠도 자고 친구들하고
맥주도 마시며 한가롭게 살 수 있겠죠.

II

"제 공약은 잊으세요.
제가 제일 귀여우니까 저를 뽑으시면 됩니다."

정치인들은 자신들의 주장이 이성에 바탕을 둔다고 하지만
결국은 경제와 다를 바 없이 표를 얻기 위해
설득과 잠재의식에 의지하게 된다.

이미지, 말투, 감정에 호소하는 등의 행동은 자신들 주장의
더러움을 덮기 위한 것에 지나지 않는다. 차갑지 않으면
정치가 아니다.

"그리고 사람들은 또 한 번 나한테 표를 던졌지."

"내가 첫 번째로 속는 건 당신 탓이지만 두 번째는 내 탓이다."

"최선을 다하지 않기 위해 최선을 다합니다."

— 우리에게 권력이 있다고 생각한다니. 참 순진한 사람들이
네요.

— 권력을 가질 수 없는데 왜 정치인이 되기로 한 거죠?

— 다양한 특권을 누릴 수 있기 때문이죠.

— 하지만 권력이 없더라도 자신을 뽑아준 사람들에게 봉사
해야 하지 않나요? 정치인으로서 의무잖아요.

— 물론 사람들을 돕는 것이 좋긴 하지만 일단은 대표님들을
기쁘게 해드려야죠. 대표님들이 아니었으면 우리가 누리는
특권은 없었을 겁니다.

— 대표님들이라니요? 국민을 말하나요?

— 아니죠. 우리 정치인들에겐 다른 대표님들이 있어요. 대기
업과 은행. 그들은 그 자체로 권력이며 실제로 나라를 통치
하는 장본인들이에요. 만약 사람들이 이 사실을 알게 된다
면 우리 같은 정치인들이 아니라 그들을 비난하겠죠. 하지
만 비난의 화살을 정치인에게 돌리는 것도 우리 역할의 일
부예요. 우린 사람들이 진짜 권력을 볼 수 없게 눈을 가리는
역할을 해요. 말하자면 우린 마술의 트릭에 불과한 겁니다.

"당신의 민주주의에 염증이 생겼습니다."

우린 주어진 정책들 중에서 선택은 할 수 있지만 그 정책들을 마련하는 데에는 참여할 수 없다.

그건 몇몇 "똑똑한" 사람들만 할 수 있다.

우리가 보편적 의료보험제나 부자 증세를 원하는지 아닌지 그건 중요치 않다. 다수의 의견 따위는 정책 마련 과정에 영향을 주지 않는다.

아, 덧붙이건대 자기 삶에 주도권을 갖자고 조직을 결성하려거든 부디 조심하라. 그런 행동은 그들에게 민주주의에 대한 공격으로 여겨질 테니.

"나는 내 이익만을 생각하며 투표할 뿐이에요.
그래서 도둑질하는 정치가들이야말로
나를 가장 잘 대표하죠."

어떤 사람은 자신이 도둑이기 때문에 도둑에게 투표한다.

어떤 사람은 그 역시 도둑이 되고자 도둑에게 투표한다.

어떤 사람은 도둑이 훔친 것의 일부를 나눠 갖게 된다는 이유로 도둑에게 투표한다.

어떤 사람은 예전엔 도둑이 아니었던 사람이 도둑이 됐다는 것을 믿고 싶지 않아서 도둑에게 투표한다.

어떤 사람은 한 번도 도둑질을 당한 적이 없다는 이유로 도둑에게 투표한다.

어떤 사람은 자신만은 도둑질을 당하지 않을 것을 확신하여 도둑에게 투표한다.

어떤 사람은 도둑질보다 변화를 더 두려워하여 도둑에게 투표한다.

어떤 사람은 어차피 모두가 도둑질을 한다는 말을 듣고는 도둑에게 투표한다.

어떤 사람은 도둑이 본인은 도둑질을 하지 않았다고 말했기에 도둑에게 투표한다.

"그들의 모든 것을 훔쳐라! 두려움 빼고."

우리가 확립한 제도는 두려움을 적정 수준에서 유지하는 데 매우 탁월하다. 이 제도의 가장 뛰어난 면이다. 우리를 내리 고통 속에 내던지고 우리에게서 많은 것을 빼앗으면서 남겨 주는 것이라고는 '조금'뿐이다. 우리는 그 '조금'을 잃지 않으려면 반항할 수 없다.

"거짓말이 아니라, 마케팅입니다."

우리는 불필요한 것을 필요한 것으로 만드는 마케팅 세상에 살고 있다. 회사들의 제품들이 마케팅이며 정치인들이 세운 정책들이 마케팅이다. 하지만 우리에게는 그 회사들과 그들이 만든 제품과 그 정치인들과 그들이 세운 정책이 필요하지 않다.

III

— 개미 같아 보이네.

— 일도 개미처럼 하지.

"옥상에선 온 세상이 참 잘 보이네. 이 위에 사는
우리들은 특별하지. 저 아래 있는 것들은 겁쟁이들이야.
착취하고 학대하고 망신을 줘도 반항하는 법이 없다니까!"

"가난한 게 싫으면 그냥 부자가 되면 되잖아."

— 너무 짜증나. 사람들 좀 봐! 우리가 일군 성공을

　　시기하면서 손가락 하나 까딱 않고 우리의 부를 차지하고

　　싶어 해. 노력만 한다면 굶주림에서 벗어날 수 있고

　　가족도 먹여 살릴 수 있어. 그런데 얼마나 게으르면,

　　소파에 그대로 누운 상태로 굶어 죽는 이들이 생기겠어!

　　아무것도 하지 않은 탓이지.

— 죄송한데 좋아서 굶주림에 시달리는 사람은 없어요.

— 호호, 인간 본성을 잘 모르시나 봐요.

— 아, 네.

"나는 가난한 사람들의 상황을 잘 알아.
나도 아침에 일어날 때마다 아주 배가 고프거든…."

"그들은 여기서 멀리 떨어진 곳에 산다. 고통을 겪으며 산다는 것 외에 우리가 그들에 대해 아는 것은 많지 않다. 단 하나, 우리와 완전히 다르고 공통점이 없다는 것 말고는. 그들의 고통을 덜어주기 위해 우리는 그들을 분석하고 연구해야 한다. 가난한 자에게는 과연 무엇이 필요한 것일까? 과학도 경제학도 그 신비로운 질문의 해답을 아직 찾지 못했다. 찾을 수만 있다면 그들을 도울 수 있을 텐데. 단, 우리의 특권은 그대로 유지하면서 그 이익도 계속 얻을 수 있다는 것을 전제로 두어야 하겠지만."

— 위에 사는 자.

"과거의 실수를 반복하지 않기 위해
역사를 공부한다지만,
그 실수 덕분에 이익을 내는 사람도 있습니다."

선진국의 정부들은 평화를 원한다면서 전쟁을 부추기고

무기를 판다. 그들에 의해 평화는 속임으로 전락했다.

평화는 전쟁만큼 돈을 가져다주지 않으므로.

이른바 "과거의 실수들"은 몇몇 이들이 계산기를 치밀하게

두드려보고 내린 결정이다.

— 창문에선 가난한 사람들이 안 보여.
— 그런 사람들은 없어, 그냥 신화야.

— 하지만 소문이 무성하던걸? 쓰레기 더미에서 살고
  돈도 없고 굶주리며 살아간다고. 그리고 폭력적이라고.

— 적어도 이 행성엔 그런 사람들이 없다니까.

— 있을 수도 있지. 어쩌면 저 먼 대척지에. 그들도 우리처럼
  똑같은 감정을 갖고 있을까?

— 무슨 소리야. 돈도 없는데 어떻게 감정이 있겠어?

"우리는 그들의 서식지를 분석하고
그들의 습성을 연구하고 그들을 분류합니다.
이 과정이 끝나면 그들은 우리가 시키는 대로
물건을 살 겁니다."

"네 어머니가 너를 제일 잘 알잖아….

아, 다른 몇몇 회사가 더 잘 알기는 하겠군."

"경제가 사람들을 먹여 살려야 하는데
우리는 사람들을 먹이로 해서 경제를 살리고 있어요"

"그리하여 인간들은 자신을 도와줄 야수를 창조했다. 그들은 자신의 창조물이 만족스러웠고 더욱 잘 먹이고 키운 결과 야수는 성장을 거듭했다. 이윽고 야수는 인간의 지배에서 벗어날 힘을 얻었고, 먹이를 계속 주지 않으면 잡아먹겠다며 인간들을 협박했다. 인간들은 자기 몫의 식량을 야수에게 떼어 줄 수밖에 없었고, 수년 간 굶주림에 시달렸다. 이 괴물을 없애고 싶었지만 야수의 흉폭함에 두려움이 앞섰다. 그리고 시간이 갈수록 야수를 죽이는 일은 점점 더 어려워졌다."

— 경제 신화의 전설.

"가난한 나라는 스스로 산업화하지 않아,
산업화당할 뿐이지."

— 후진국들도 산업화하면 얼마나 좋겠어

— 사장님이 말했다.

— 네, 좀 도와줄 수 있겠죠.

— 그런데 후진국들이 알아서 산업화하면 안 돼,
  우리 식으로 해야 돼. 자국이 아니라 우리를 위해
  산업화하는 거야.

— 산업화하기 싫어하지 않을까요?

— 강요하면 되지.

"점점 더 좋은 핸드폰을 만들고 있으니
이게 발전 아닙니까?"

— 그래, 발전이지. 우리 나라는 이 기술 덕에 많이 발전했어.

— 외국 남성이 대답했다.

— 그럼, 아저씨 나라만 발전하는 거예요?

— 그래.

— 그럼, 아저씨 나라가 발전하는 건 우리를 착취했기
때문인가요?

— 그래.

— 우리는 전혀 신경 쓰이지 않아요?

— 솔직히 말하자면, 조금도 상관없어. 우리가 나빠서
그런 게 아니야. 그저 너희들의 존재를 잊어버리는 거지.
사람들을 나라로 나누는 탓이야. 다들 자기 나라만
생각하고 자기 나라만 중요시 여겨. 항상 자기 나라에만
우선권을 부여해. 그러다 밖에 있는 너희들이 안 보이게
되는 거지. 너희가 증발한 게 아니라 그냥 우리가 등을
돌려버리는 거야. 넌 발전을 맛보기엔 너무 먼 곳에서
태어났어.

"유토피아가 불가능하다고? 여기가 유토피아잖아,
단지 그들만의 유토피아라서 그렇지."

— 너무 분명하지 않아? 돈도 있고 권력도 쥐고 있으니 그 덕에 호화롭게 사는 소수층이 있다는 걸 누가 모르겠어?

— 맞아, 분명하지. 그런데 왜 분명한지가 그렇게 분명하지 않아 그들은 우리가 그 유토피아에 대해 알고 그들에게서 그걸 빼앗길 원하지. 그렇게 그 유토피아는 영속하는 거지.

"그들은 모든 것을 살 수 있어. 돈이 많기 때문이야.
그리고 세상 모든 것이 상품이 되었기 때문이지."

"나는 백화점에 자주 가. 딱히 쇼핑이 좋아서 가는 게 아니라 나도 상품이니까 가는 걸지도 몰라."

"사람들의 새해 목표는 다 비슷하다.
덜 먹기 또는 더 먹기."

밤의 어두움 속에서 살고 있다.

그래서 우리는 타인의 고통과 불평등, 불의를 보지 못한다.

세상을 밝혀줄 번개가 필요하다.

"크리스마스는 소비지상주의의 탄생을
기념하는 날이지."

기업들은 크리스마스와 사람들의 생일을 장악했고
발렌타인 데이도 만들었다. 그리고 기념일을 더 많이
만들어낼 것이다. 특별한 물건을 사서 특별한 사람에게
줘야 하는 특별한 날들을. 이 의식에 가담하지 않으면
당신은 특별해질 수 없으리라.

"우리가 자본주의자 같니?"

선사시대 사람들이 힘을 합쳐 서로 돕지 않고

이기적이기만 했다면 과연 살아남을 수 있었을까요?

"가난한 사람들을 불쌍히 여기지 마.
사실 가난한 사람은 없어. 패배자가 있을 뿐이지."

— 정말 그런 거야?

— 더 깊이 생각하지 말자. 한번 시작하면 내 사고방식을

전부 바꿔야 할 것 같아서 두려워.

권력자에게 이야기하는 것이란 이런 것.

"하지만 권력은 내 말을 듣지 않는다. 음악을 들으며 잠든 척한다. 내가 원하는 것을 이미 알고 있고, 나보다 먼저 알고 있었다. 그 닫힌 귀에 대고 나의 소망을 말한다: 모든 이를 위한 양질의 일자리와 월급, 그리고 그들을 위한 존엄성 있는 삶. 소리를 지른다면 권력의 시선을 끌 수 있겠지만 권력자는 기껏해야 흘끗 고개를 돌려 나를 향해 미소를 토하고는 다시 눈을 감을 것이다.

권력을 만나기 오래전에 그는 이미 나의 요구를 단번에 거절했다. 나의 요구에는 관심이 없다. 나의 요구는 권력에 대한 반항이며 그에게 상처를 준다.

그러니 권력을 무시해야 한다. 그리고 사람들에게 말해야 한다. 그 괴물에게서 이름을 빼앗을 때까지 반복해서."

IV

"이 사회는 기회를 살 수 있는 사람에게 기회를 주지."

"저는 누구에게나 똑같은 가격으로 기회를 팝니다. 저는 누구도 차별하지 않습니다."

하지만 그것은 빈말일 뿐이다. 기회를 파는 자는 기회를 살 형편이 되지 않아 자신의 가게에 들어올 수조차 없는 이들이 있다는 사실을 알고 있다. 또한 기회가 무엇인지조차도 몰라 가게를 그냥 지나치는 이들이 있다는 것도 알고 있다.

기회를 파는 자는 그런 사람들에게 관심이 없다. 기회는 사치품이다. 모든 사람이 기회를 살 수 있었다면 기회를 파는 자의 체면이 뭐가 되겠는가!

"이 정당화된 폭력은 용인될 수 없어!"

폭력적인 자들은 본성이 나쁘고 이기적이라고 말하면서 착취 당하는 이들이 있다. 그들이 반항하는 순간 폭력적인 자들은 깜짝 놀란다. 그들 스스로의 메시지에 대한 믿음이 얼마나 작은가! 하지만 다시 생각해보자. 믿음이 작은 것이 정상이다. 이미 그것이 거짓말임은 알고 있기 때문이다.

폐하, 헐레벌떡 달아나시는 동안 한 말씀 올리겠습니다. 폐하의 뒤를 쫓는 것은 서민들의 폭력이 아니라 폐하께 되돌아온 폐하 자신의 폭력입니다.

"신분이 상승할수록 도덕성은 내려가기 마련이지."

왜 오르려 했는가? 올라가면 내려가고 결국에는 우리 모두

어쩔 수 없이 같은 바닥에 서 있게 된다.

떠나려던 사람과 얼굴을 맞대고 서 있게 되는 것이다.

"가끔 네가 부러워. 나도 인정이 있었으면 좋겠다."

나는 사람들이 왜 로봇이 인간에 대항할까 봐 두려워하는지 모르겠다. 확신컨대, 로봇은 우리 인간들보다 훨씬 나은 존재일 텐데.

로봇은 상냥하고 따뜻할 것이며 생명으로 넘쳐나는 자연에 매료될 것이다. 그리고 시간이 지날수록 우리가 점점 더 차가워지고 기계화 되어가는 과정을 놀라운 얼굴로 지켜볼 것이다.

"이 사람들은 다른 나라로 탈출해야겠다….
아, 우리 나라는 빼야겠죠."

"전쟁과 기아를 겪는 사람들 때문에 마음이 아파.

뭔가 도움을 줘야 해. 하지만 거리를 두긴 해야 하지.

그들이 우리 문화를 오염시키면 안되니까."

"정상에 가까워질수록 공기가 희박해."

"등반가 여러분, 모두가 등정하고 싶어 하는 산에서 겪은 제 경험을 말씀드리죠.

올라가면 올라갈수록 공기 조건이 악화됐습니다. 산소 부족이라고 생각했지만 그건 착각이었습니다. 일종의 저주였습니다. 등반 도중 본 등반가들은 이미 인간이 아니었습니다. 털이 수북하고 허리가 굽은 괴물이 되어 있었죠. 마침내 정상에 도달했을 때 전 깨달았습니다. 그 습하고 녹색을 띤 공기가 그들을 바꾸어놓았던 겁니다. 서둘러 내려오지 않았다면 저도 그들과 똑같아졌을 겁니다.

등반가 여러분, 그 산은 무시하십시오. 그 산에는 출세가 없습니다. 정상에 다다르면 역겨운 늪만이 기다리고 있을 뿐입니다."

"…내가 기업이 되어버렸네."

나는 나에게 투자한다

나를 남들과 차별화한다

내 이익을 극대화한다

내 비용을 최소화한다

나를 홍보한다

좋은 이미지를 만든다

내게는 경쟁력이 있다

경쟁자들을 항상 시야 안에 둔다

위험을 감수하지 않는 편이다

기회를 잘 살핀다

친구들에게 투자한다

사랑에 투자한다

나를 판다

나를 산다

착취한다

나는 기업이 되어버렸다.

상품이 되어버렸다.

사랑은 부자의 것이다.

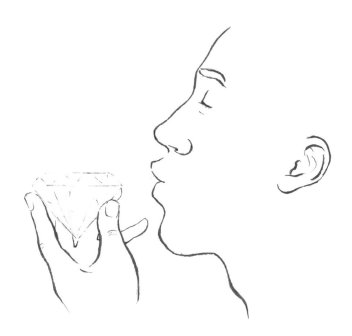

사랑뿐만이 아니다. 존중, 우정 안에도 뭔가가
끼어들었습니다. 사랑, 존중, 우정의 진정성을 보장하는 것은
바로 브랜드다. 브랜드가 없으면 구질구질하고
저질스러운 것에 불과하다.

보석이 없는 사랑은 어떤 것일까? 정장과 고급차가 없는
존중은 어떤 것일까? 선물이 없는 우정은 어떤 것일까?

"I love you with all my money."

"사랑은 보고 만질 수 있는 것이 되었다. 멋진 소식이구나!

인간관계의 바탕은 물질이다. 부와 사물이다.

이것들이 사라지면 관계도 사라진다.

그러므로 부와 물건이 곧 사랑이다! 텔레비전에서

이렇게 알려줬다. 텔레비전은 절대 거짓말을 안 한다.

…그렇지?"

"건강이 무엇보다 중요하지요….
그러니 건강을 살 만큼 충분히 돈을 모아두세요."

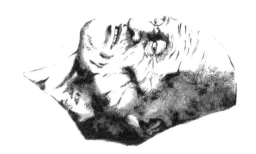

"의료보험이 민영화되는 게 좀 두려웠지만, '걱정마세요. 열심히 일하면 돈이 없어서 병원에 못가는 일은 없을 거에요.'라는 그들의 말에 그저 열심히 일했다. 하지만 일이 잘 풀리지 않아서 어느 날 약값을 대지 못하는 상황에 처했다. '다 내 탓이다. 더 노력해야 하는데….'라고 생각했다. 속았다! 경제적 보상은 노력을 통해 얻는 것이라는 생각을 내면화하면 보상을 얻지 못하는 건 다 내 잘못이 되고 그들은 아무런 책임도 지지 않게 된다.

그들의 전략은 완벽했다."

"가난한 사람들에게 자선을 베푸는 이는
훌륭한 사람이지만
그들을 가난에서 벗어나게 하려는 이는
위험한 혁명분자지."

자선은 굴욕감을 준다. 위에서 아래로 향하기 때문에.
연대는 효력이 있다. 옆으로 퍼져 나가기 때문에.

자선은 부정적인 측면이 있다. 해결해야 하는 문제의 근원을
건드리지는 않는다. 남을 도왔다는 생각에
기분은 좋아지지만, 이로써 도덕적 책무를 완수했다는
생각에 진짜 문제를 등한시하게 된다. 자선을 통해 정부가
해야 할 일이 나의 일이 된다.

"인권을 지지한다고. 극렬분자!"

인권의 존중을 위해 싸워온 나는 얼마나 순진했던가!

인권존중에는 관심도 없는 이들이 있다.

인권은 우리 사회의 원칙과는 반대되기 때문이다.

인권존중은 혁명이다.

"문제는 돈이 해법이 아니라는 거야."

"세상은 경제를 너무 많이 집어삼켜 이제 토해내고 싶어 합니다. 아무리 좋은 경제라도 계속해서 먹는다면 메스꺼운 느낌이 사라지지 않을 겁니다. 여러분, 거기 풍선처럼 부풀어 누워 있는 세상을 한번 보십시오. 일어서기는커녕 숨도 제대로 못 쉽니다. 세상의 땀구멍을 통해 경제가 새어 나갑니다. 몸이 더 이상은 버텨내지 못합니다. 모두 비키세요! 터집니다!"

승리는 패배자들의 것이다.

사실, 경쟁은 그리 부정적인 것이 아니다. 문제는 승자가 받는 보상이다. 승자는 존경을 받고 권위 있는 자리에 오르게 된다. 패자는 외면당한다. 승자는 존경을 받지만 존경할 만한 것이 있다면 그것은 승자가 아닌 그의 행동이다. 승리는 가치가 없고 존경스러운 것이 아니다. 승자를 존경하는 문화는 사회적 불평등을 정당화한다.

저는 가끔 이긴 적이 있습니다. 이제는 제가 이기더라도 저를 존경하지 말아주세요! 상처만 남길 뿐입니다! 이기는 것은 누구도 향상시키지는 않습니다!

"걱정하지 마세요,
그저 다른 길이의 파장일 뿐이에요."

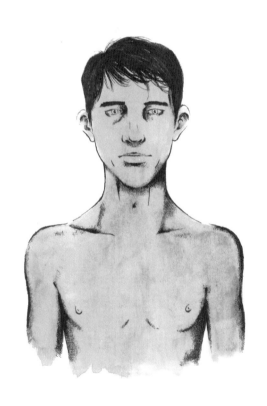

결국, 색깔은 우리 머릿속에서 만들어진 것이다.

즉, 인간의 발명품이며, 전 지구적 약속이다.

인종이나 화폐와 마찬가지로.

우리는 국적과 문화, 인종, 성적 지향으로 서로를 분류한다.

하지만 이러한 분류 기준들은 실체가 없는

사회적 구성물일 뿐이다. 우리는 한 집단에 자신을

동일시함으로써 '우리'와 '그들'을 나누어 한쪽에

우선권을 주고 차별한다. 거짓된 분류 기준을 없애려면

먼저 우선권과 차별을 없애야 한다.

"우리 아들이 걱정돼요….
그 애는 결코 이기주의자가 아니거든요."

"말쑥한 차림새의 예언가들은 이기심과 탐욕으로 평등하고 공정한 사회를 이룩할 수 있다고 말했다. 전쟁이 평화를 가져오고 소비가 행복을 가져다줄 거라고도 말했다. 이같은 말을 날마다 귀에 못이 박히도록 들었다. 결국 나는 그 암울한 논리를 받아들였고 아들에게 '악행이 선을 가져다준다.'라고 말하게 되었다.

물론 단정하게 차려입은 그 예언가들의 말은 틀렸다."

"나한테 어떻게 생각해야 하는지
가르치는 사람들이 싫어.
그건 텔레비전이 하는 일이야."

— 집은 위험해. 편히 앉아서 자신이 지닌 문제를 생각할 수 있는 공간이니까. 그러다간 지금과는 다른 방식으로 살 수 있다는 걸 깨달을 거야. 우리한테는 안 좋은 일이지.

— 그걸 어떻게 막을 수 있을까?

— 일단, 그들이 일을 마치고 집에 왔을 때 녹초가 되어 있도록 해야 해. 다른 생각을 할 힘이 없게 말이야. 그러면 그냥 텔레비전이나 보고 싶어 하겠지. 멍하니 쉴 수 있으니까. 텔레비전에는 비판적 생각을 이끌어내는 프로그램 대신에 무엇을 사야 할지 알려주는 광고만 넘쳐 날 거고.

— 멋진데!

"행복을 찾으러 나왔지만 아이폰을 사고 말았어…"

사는 것 말고는 할 줄 아는 게 없어서 산다

필요한 것도 사고 불필요한 것도 산다

좋아하는 것도 사고 싫어하는 것도 산다

내가 원해서도 사고 남들이 시켜서도 산다

나를 위해서 그리고 남들을 위해서 산다

선물을 하기 위해서 그리고 팔기 위해서 산다

새것을 가지기 위해서 그리고 새 걸 바꾸기 위해서 산다

사람들과 어울리기 위해서 그리고 사람들로부터 멀어지기 위

해서 산다

친구를 만들기 위해 그리고 외톨이가 되지 않기 위해 산다

나 자신을 좋아하기 위해 그리고 남들이 나를 좋아하게 하려

고 물건을 산다

행복해지려고 그리고 불행해지려고 산다

사기 위해 태어났기에 산다.

"제 의견을 존중하는 건 알지만
바꿔보려고도 해보세요."

"변화가 곧 삶이다. 변화를 두려워하면 안 된다.
아집과 정체(停滯)를 두려워해야 한다.

수년 간 변하지 않고 내 머릿속에 남아 있는 견해가
걱정된다. 보통 그 견해는 타인에게서 온 것이다.
녹슬어 있고 사고를 부식시킨다.

그 오래된 견해를 버리고 싶다. 그렇게 할 것이다.
하지만 용기가 필요하다. 왜냐하면 그것을 가르쳤던
사람들은 나에게 가장 가까운 사람들이기 때문이다."

"나는 차가 있다, 고로 나는 존재한다."

자동차야말로 특권 계급이다.

자동차가 큰 도로를 차지하고 사람들은 좁은 보도 위를

걷는다.

도시는 자동차가 잘 다닐 수 있게 구획되고 자동차는

마음껏 도시를 오염시킨다.

사람보다 차가 많고 공기보다 매연이 많다.

그럼에도 우리는 차를 숭배한다. 차는 여전히

성공의 상징이다. 놀랄 일은 아니다.

사람보다 가치 있는 수많은 것들 중 하나가 자동차일 뿐이다.

"내 짐을 잃어버렸지만 가벼워지니 좋군."

가벼운 가방을 들면 삶이라는 길을 더 쉽게 걸어갈 수 있다.

"발달하고는 있어.
다만 어느 방향으로 가고 있는지 모를 뿐이야."

우리는 빨라졌다. 그러나 더 많은 풍경을 놓친다.

더 똑똑해졌다. 그러나 차가워졌다.

더 강해졌다. 그러나 위험해졌다.

더 멀리 갈 수 있다. 그러나 서로 멀어지고 있다.

더 많은 것을 손에 넣는다. 그러나 더 적게 베푼다.

"내가 사랑하는 것을 바꾸기 싫어.
그러니 난 나 자신을 사랑하는 걸 그만둬야겠어."

"그때 상처를 발견했다. 빛나는 상처.

생긴 지 얼마나 되었을까? 언젠가 따끔함을 느끼긴 했지만 왜 그런지 알아보려 하지 않았다. 무엇을 발견하게 될지 알고 있었고, 그 존재를 인정하는 것이 두려웠다.

다시 따끔함이 느껴진 어느 날, 용기를 내서 상처를 거울에 비춰보았다. 상처는 마치 한 마리 파충류처럼 내 살갗에서 숨 쉴 공기를 찾아 움직이고 있었다. 상처는 내 몸의 일부가 되어 있었고 내 행동까지 지배하고 있었다. 역겨웠다. 나 자신이 역겨웠고 그제서야 상처를 치유하고 싶어졌다. 그렇게 상처를 치유할 수 있었다."

"그냥 줄 수 있는데 왜 팔겠나?"

한 구두장이가 과일을 사러 상인에게 다가갔다.

— 얼마예요?

— 그냥 줄 수 있는데 왜 팔겠나?

과일 파는 아저씨가 대답했다.

구두장이는 과일을 갖고 돈을 내지 않고 갔다.

요리사는 구두를 사러 구두가게에 갔다.

— 얼마예요?

— 그냥 줄 수 있는데 왜 팔겠나?

구두장이가 과일 파는 아저씨를 떠올리며 대답했다.

요리사는 구두를 갖고 돈을 내지 않고 갔다.

예술가는 저녁을 먹으러 식당에 갔다.

— 잘 먹었습니다. 얼마예요?

— 그냥 줄 수 있는데 왜 팔겠나?

요리사가 구두장이를 떠올리며 대답했다.

예술가는 돈을 내지 않고 갔다.

누군가가 예술가의 작품이 있는 화랑(畵廊)에 들어갔다.

"모든 인간은 평등하게 태어났어.
열등한 사람도 포함해서."

"진심으로 평등한 사회를 원했지만 나도 모르는 새 차별을 하고 있었다. 어릴 적 배운 풍습과 전통은 불평등한 것들이었지만 내겐 너무도 당연해 그 속의 그릇됨을 볼 수 없었다. 전통은 성스럽고 의심해서는 안 되는 것이라 배웠다.

하지만 난 이제 전통은 성스러운 것이 아니며 대개 문제라는 것을 깨달았다."

"빌어먹은 상사 같으니,
지가 뭐라고 이래라 저래라 하는 거야.
그래도 집에선 내가 왕이지."

"권력은 정부와 대기업에만 존재하는 것이 아니라
마치 그물처럼 사회 전체를 뒤덮고 가정에서 직장까지
모든 관계에 영향을 미친다.

하지만 이런 권력의 관계는 정확히 보기 힘들다.
우리 스스로가 권력의 자리를 차지하고 있을 때는
더더욱 그렇다."

그리고 그녀가 가짜 수염 달기 시작하자
바로 월급이 올랐다.

"여자라 돈을 덜 버는 것이 아니라 남자가 아니라 그런 거죠."

"우리 회사에 들어오려면
테스토스테론 수치를 높이셔야 할 것 같습니다."

"여성분들, 아이를 더 많이 낳으세요.

출생률이 떨어지고 있거든요.

하지만 일도 더 하세요. 생산성도 떨어지고 있거든요."

— 역사는 남자들의 전유물이야.
— 그래서 지금 이 모양 이 꼴이지.

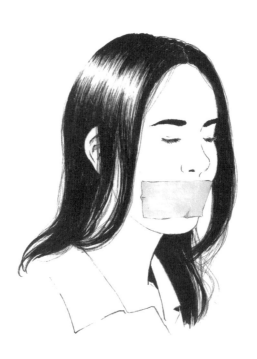

사학자들은 역사의 절반밖에 모르고 역사책은
테스토스테론으로 가득 차 있다. 세상 돌아가는 꼴을 보니
남자들은 좀 비켜야 하지 않을까?

페미니스트 혐의, 아나키스트 혐의, 빈곤 혐의.

내가 현인의 오두막에 들어갔을 때 온 하늘이 먹구름으로 가득했고 바람이 세차게 몰아치기 시작하고 있었다. 곧 번개가 칠 것 같았다.

— 현인이여. 나는 좋은 사람이 되고 싶고 더 나은 세상을 만들고 싶지만, 이는 한 사람의 힘으로는 이룩하기 불가능한 듯 보입니다.

— 괜찮습니다. 한 사람이 도맡아 온 세상을 바꿔야 하는 것은 아닙니다. 당신 자신의 몫을 하면 됩니다.

— 그렇지만 아무리 노력해도 세상을 바꿀 수 없다는 말을 자주 들었습니다. 현인이여. 당신은 어떻게 스스로의 몫을 하고 계십니까?

— 단순한 일입니다. 사람들 사이에서 위계와 지배, 억압을 마주할 때마다 나는 그 관계의 정당성을 묻습니다. 힘을 행

사하는 자가 자신의 위치와 행동을 정당화하지 못하면 나는 그 관계를 없애기 위해 싸웁니다. 지배자는 지배관계의 정당성을 담보할 수 있어야 합니다. 덧붙여 지배당하는 자와 이를 목격하는 모든 이들은 그 지배관계를 의문시할 책임이 있습니다. 그리고 필요하다면 정당성도 의문시해야 합니다. 나의 어린 손자가 갑자기 도로를 건너려는데 내가 팔을 붙잡아 막았다고 합시다. 이 또한 지배관계이지만, 누가 이 행동에 의문을 제기했을 때 나는 정당한 이유를 댈 수 있습니다. 하지만 가부장제의 정당성을 설명할 수 있을까요? 불가능하지요. 그러니 없애야 합니다. 내가 발견하는 모든 지배관계에 같은 방식을 적용하여 분석합니다. 가족관계는 물론 정부들 사이의 관계까지요.

"네가 뭘 배우는지는 중요하지 않아,
점수가 중요하지."

중요한 것은 종이이다. 말하자면 네가 뭔가에 대한
지식을 갖고 있음을 증명하는 종이. 더 구체적으로 말하자면
네가 뭔가에 대한 시험을 통과할 수 있음을 증명하는 종이.

이 자격증과 졸업장들! 지식을 압축하거나
저장하는 능력이 훌륭하군요. 종이가 없는 사람들은
정말 불쌍하네요.

그들은 갑자기 솔직해진 나머지 학교를
"경영자 공장"이라고 부르기 시작했다.

교육제도의 목표는 스스로 생각할 수 있는 사람이 아니라

기업인을 만드는 것이다.

정확히 말하면 기업인의 마인드를 만드는 것이다.

기업들은 이를 위에서 지켜본다. 발전의 개념은

숫자와 정장을 갖춰 입은 사람들을 필요로 한다.

글은 자리를 너무 많이 차지한다.

새 교복

교육제도가 배출해낸 기업인들의 성공 여부는

그리 중요하지 않다.

기업인의 마인드를 갖고 있다면 자신의 실패를

인정할 것이며, 그들에게 남은 유일한 길은 순종이라는 걸

이해할 것이다.

그래서 학교에서는 성공의 비결인 영향력, 학연, 지연,

비양심 등을 가르치지 않는다. 만약 그런 것들을 가르친다면

체면이 서지 않을 것이다.

어찌됐든 체면을 세우는 게 가장 중요하다.

— 반친구들 이름이 뭐야?

— 경쟁자.

오늘날 우정은 결점이 되었다. 학교에 가는 이유는
배우기 위해서가 아닌 이기기 위해서이다.
남을 이겨야 하는 상황에서 우정은 도움이 되기는커녕
오히려 발전을 저해한다. 그래서 요즘은 친구보다는
경쟁자를 갖는 게 가장 좋다. 경쟁자들은 이기심을 조장하고
남을 신뢰하면 안 된다는 것을 가르쳐준다.

우리가 살고 있는 시스템은 우정이 별로
마음에 들지 않는 듯하다.

"자고로 아이가 말을 잘 듣게 해야 합니다.
안 그러면 자기 스스로 생각하고
판단하려 들 수 있어요."

이 세상엔 똑같은 것이 없는데 우리는 우리 주변에 있는 이들이 우리와 똑같기를 바란다. 만들어낸 잣대를 들이대 서로를 무리 지어 나누고 각 무리의 순수성을 지키려 노력한다. 우리는 차이가 순수성을 오염시킬 거라 생각하지만 차이는 국가, 문화, 인종을 더럽히지 않는다. 차이는 모든 것을 풍부하게 만든다. 순수성이야말로 거짓이며 타락이다.

시험, 점수, 자격증… 그 사회에는 중독이 만연했다.

"나의 지식을 왜 시험으로 측정하는가? 학년은 왜 있는 것이 며 어째서 나이로 우리를 구분 짓는가? 수업은 왜 존재하는 것인가?

관심이 있는 것에 대한 공부는 할 수 없고 관심이 있는 주제 에 대한 교과과정만을 공부할 수 있을 뿐이다. 교과과정을 밟 지 않으면 불이익을 당할 것이다. 교과과정의 내용을 공부하 지 않으면 시험에 떨어질 것이다. 내게 순종하는 법을 가르치 려 하는 것일까?

과제는 왜 하나같이 바보 같으며 반복적인가? 내게 생각하지 않는 법을 가르치려 하는 것일까?

나는 스스로 자유롭게 공부하고 싶다. 하지만 교과과성이 아
닌 것에 가치를 두는 이는 없다.

나는 마음이 내킬 때 자유롭게 공부하고 싶다. 시간표나 출석
부 따위는 사라져버렸으면 좋겠다. 그런 네모난 것들에는 이
제 신물이 난다

나는 자유롭게 공부하고 싶다. 내게 필요한 것은 선생님이 아
니라 안내자이다."

VI

"기술이 너무 나아가서 이제 보이질 않아요."

우리는 산탄총을 가진 원숭이다.

기술은 넘치지만 윤리는 없다.

— 통계를 보니 가난한 사람들의 수가 적어지고
　있다는데 내 눈에는 갈수록 많아지는 것 같아.
— 안경을 써.

하지만 안경은 가난한 사람이 얼마나 많은지 보기 위한 게 아니라 수치를 정확히 보기 위한 것이다. 수치는 만들어진 플라스틱이며 인위적이다. 그 수치들 뒤에는 통계를 조작하고 새로운 수치를 만들어내기 위해 손을 더럽히는 일도 주저하지 않는 자들이 있다. 숫자는 현실을 설명하는 도구인 동시에 현실을 감추는 것이기도 한다. 왜냐하면 일부 수치들은 자신의 이익만 중시하는 소수에게만 접근이 허락되기 때문이다.

따라서 숫자가 있는 곳에는 거짓도 있다.

"숫자가 되고 싶어. 사람들보다도 중요하거든."

— 네 수익이 그렇게 중요해? 사람이 더 중요하지!

— 뭐? 인건비를 낮추지 않으면 제품 가격이 너무 올라서
너희가 살 수 없을텐데?

— 그럼 안 사면 되지.

— 그렇게 하지 그래. 그러면 우리도 착취를 그만둘 텐데,
왜 너희 손에 달린 걸 우리 탓을 하고 그래.

"문제는 숫자도 너무 많고
과학도 너무 많다는 거야."

우리는 너무 많이 생각하고 너무 적게 느낀다.

"자연의 경쟁력이 충분하지 않다면,
그건 제 탓이 아니에요…."

"찰스 다윈이 이렇게 말했죠. 적응하지 못하는 것은 멸종한다. 아이러니죠! 자연에 반하는 자연법칙이라니. 탐욕스러운 자본주의가 강요하는 조건에 적응하지 못하고 있으니, 결국 자연은 멸종할 거예요."

— 폐기물을 폐기장에 버려라.

— 폐기장요? 바다에 버리란 말입니까?

— 그래.

우리는 강을 오염시킨다

바다를 오염시킨다

공기를 오염시킨다

비를 오염시킨다

땅을 오염시킨다

식물을 오염시킨다

동물을 오염시킨다

밤과 별을 오염시킨다

적막을 오염시킨다

지구를 죽이고 있다!

"강은 더럽지 않습니다.
공업화되었을 뿐입니다."

진정하세요, 진정하세요. 우리는 지구를 죽이고 있지 않아요.

지구는 이 모든 것을 견딜 수 있어요.

스스로 치유하고 계속 태양 주위를 돌 거예요.

걱정하지 마세요. 지구는 죽어가고 있지 않아요.

죽어가고 있는 건 우리죠!

"우리 산업이 매년 수천 종의 생물을
멸종시키긴 하지만, 과학자들도 매년
수천 종의 생물을 새로 발견하고 있잖아.
균형은 유지되는 셈이지."

조심하세요,

그 균형이 수많은 불균형을 야기할 수 있으니까요.

"그들은 공기를 오염시켜.
우리가 그들의 산소를 구입하게."

"우린 항상 너희들을 착취해왔잖아.

애초부터 너희의 적이었고.

그런데 우리가 공기를 오염시키고 우리가 파는 산소를

너희가 사야 한다는 게 뭐가 그리 놀랍다는 거야?"

"이곳은 건설하기 좋은 곳입니다.
반대하는 사람은 손을 드세요."

"사람들이 환경파괴를 걱정하는 건 당연해.

환경보호가 더 중요한지 우리의 투자가 더 중요한지

함께 논의해야 돼.

사실 논의할 거리도 못 돼. 사람들이 무슨 힘이 있어.

결국 우리 마음대로 하겠지."

"시골에 올 때마다
에어컨의 맑은 공기가 그리워."

"그런 말을 들을 수 있는 날이 올까요? 네, 올 겁니다. 폐를 준비하세요. 우리가 문어와 오징어로 변신해 검은 공기를 내뿜는 날이 언젠가 올 겁니다."

"지구온난화 따위…
에어컨 없는 사람들한테만 문제겠지."

— 기후변화가 걱정되지 않아?

— 별로, 덕분에 사업 기회가 확대될거야.

— 환경재해가 일어날 텐데?

— 그런 건 항상 멀리서 일어나잖아.

"
태어나다,
살다,
죽다,
장식하다.
"

"밀렵꾼들이 정말 싫지만 더 싫은 건
우리의 상아를 사는 사람들이야."

인터넷의 갑작스러운 소멸로부터
생존한 몇 안 되는 사람들 중 한 사람의 사진

우리는 불완전한 기술과 한정된 자원에 전적으로 우리의 미래를 맡기고 있다. 만약 기술문명이 사라지고 자원이 고갈되면 제1세계는 제3세계가 되고, 자연과 벗하고 사는 부족, 야만적이고 문명에 뒤떨어졌다고 불리는 그들만이 혼란에 빠지지 않고 평화롭게 살아가리라.

— 인간의 본성이 나쁘다는 것은 불행한 일이잖아요.

— 지금 그 말은 본성이 나쁜 인간에게서 나온 것
   같진 않네요.

인간 본성이 나쁘다고들 말하지만 사람들은 이기심, 개인 이익 추구, 개인주의, 경쟁을 조장하는 제도하에 살고 있음에도 불구하고 이기적이고 공격적인 태도에 반대하고 평화로우며 조화로운 삶을 바란다. 연대를 조성하는 제도 속에서 산다는 것은 어떤 것일까? 사람들은 지배하고 싶어 하지도, 지배당하고 싶어 하지도 않는다. 지배하는 자들 혹은 지배하길 원하는 자들은 단지 제도의 명령을 따르는 것이다.

"믿어줘, 우리 인간은 원래 본성이 나빠."

굶어 죽을 수 있다는 두려움에 돈을 차지하려 다른 이들과 싸우는 것은 인간 본성이 나쁘다거나 이기적이어서가 아니라 인간의 본성이 생존을 원하기 때문이다. 인간의 본성은 전혀 신비로운 것이 아니다. 우리의 이기심과 악행은 우리로 하여금 생존을 위해 서로 싸우게 만드는 제도에 기인한다.

"외국인? 옛날 책에는 되게 이상한 단어가 있네."

"이상하고 오래된 단어들이 계속 나오고 있어. 나라, 국가, 국적, 국경, 정부, 애국심, 인종, 돈, 경제, 은행, 회사, 금융, 사장, 회계, 마케팅… 무슨 뜻인지 하나도 모르겠어. 전혀 이해가 안 가잖아!"

"그럼, 우리는 국경 너머 있는 사람들보다 중요해?"

— 이런 장벽엔 신경도 안 쓰면서 평등한 사회를 원한다는
사람들의 말은 다 거짓말이야! 평등은 이런 장벽과는 양립
할 수 없어! 머리로 들이받아 넘어뜨릴 수 있다면 얼마나
좋을까!

— 네가 무슨 말을 하는지는 알겠지만 아직 우린 우릴 나누고
있는 장벽을 무너뜨릴 준비가 되지 않았어….

— 그건 문제가 아니야. 문제는 사람들이 이 장벽을 문제삼기
는커녕 존중하고 사랑한다는 거야.

결
언

모래밭에 앉아 지평선을 바라본다.

영원한 구름과 그 구름이 품은 영원한 번개를 기다리고 있다.

그때까지, 폭풍우를 일으키는 구름을 반갑게 맞이할 것이다.

그때까지, 비바람은 나를 항상 미소짓게 하리라.

• 세상을 바라보는 날카롭고 번뜩이는 이야기 번개 •

© 다니엘 로드리게즈 꼬르네호, 2017

1판 1쇄 인쇄 2017년 3월 9일
1판 1쇄 발행 2017년 3월 16일

지은이 다니엘 꼬르네호
펴낸이 남기성
책임편집 조혜정
디자인 박소희

펴낸곳 도서출판 쿵
출판등록 신고번호 제2016-000310호
주소 서울시 마포구 월드컵북로 400 2층 201호 P-2
대표전화 070-7555-9663
팩스 02-6442-9973
전자우편 sung0278@naver.com

ISBN 979-11-959495-5-7 03810

이 도서의 국립중앙도서관 출판예정도서목록(CIP)은 서지정보유통지원시스템 홈페이지(http://seoji.nl.go.kr)와 국가자료공동목록시스템(http://www.nl.go.kr/kolisnet)에서 이용하실 수 있습니다.(CIP제어번호: CIP2017005159)